운동장 한 바퀴

구어진

14년차 고등학교 국어 교사입니다.

오늘도 교탁 앞에 설 수 있어 감사합니다.

프로필의 자리가 허전하지 않도록 교실에서 학생들과 맺는 수많은 경험을 경력으로
쌓아나가겠습니다.

운동장 한 바퀴

2022년 11월 30일 초판 1쇄 발행

지은이 구어진 **그린이** 스튜디오 유월

펴낸이 김영훈 **편집장** 김지희 **디자인** 나무늘보, 이은아, 최효정, 김지영

펴낸곳 한그루 **출판등록** 제651-2008-000003호 **주소** 제주특별자치도 제주시 복지로1길 21

전화 064 723 7580 **전송** 064 753 7580 **전자우편** onetreebook@daum.net **누리방** onetreebook.com

ISBN 979-11-6867-062-4 (03810)

값 15,000원

운동장 한 바퀴

구어진 시집

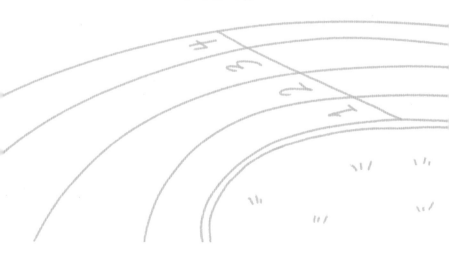

책을 내면서

교사는 교실에서 광대다. 적어도 나는 그렇다. 온갖 표정과 손짓을 총동원해서 전달하길 좋아한다. 이 시집에는 표정과 몸짓을 동원할 수 없어서 어려웠다. 오로지 단어가 주는 온도와 무게로만 전달하려니 한계가 많았다. 가벼운 말들과 미적지근함이 많아서 교직에 있는 동료들이, 또 국어교사들이 본다면 많이 부끄러울 것 같다. 군데군데 참교사를 흉내 내서 진짜 교직의 귀감이 되는 훌륭한 분들께 민망하다.

이 책의 주인공은 순전히 내가 만난 학생들이다. 전문계, 일반계 고등학교에 근무하며 나름의 사연과 고민과 웃음과 눈물 속에서 나 역시 에너지를 얻고 또 그들에게 에너지를 쏟으며 함께 배우고 성장했다. 나 혼자 담고 있기 아까운 이야기였다. 지난날 내가 만난, 현재 함께 있는, 앞으로 만날 수많은 교실의 아이들과 동료들, 현실에 쫓기는 청춘들, 이제는 귀밑머리가 희끗해진 이 세상 모든 졸업생들이 이 시집을 후루룩 읽으며 잠시나마 웃음 지을 수 있기를 바란다. 또 인생의 마라톤에서 바톤의 책임감을 감내하는 모두의 삶에 위로가 되기를 감히 꿈꿔본다.

내가 이 자리에 있는 8할의 이유 우리 엄마, 완성되지 않은 딸의 원고를 머리맡에 두고 읽고 또 읽고 계신다. 나의 또 다른 존재인 현우, 승운, 서윤. 엄마의 부족함을 늘 무조건적인 사랑으로 채워주는 아이들이다. 그리고 항상 응원, 지지해주는 남편과 아빠, 시부모님, 가족들에게 지면을 빌려 감사를 전한다. 욕심을 좀 더 더해 책 출간을 계기로 다시 한 번 말의 무게를 지킬 수 있는 내공 가득한 사람이 되길 스스로 다짐해본다.

차례

운동장 한 바퀴

등교지도

희슴프레한 여명 속

입김이 먼저 가 닿는 정문을 향해

하나둘씩 오는 아이들을 맞이하노라면

간밤의 안녕에 대한 안도와

오늘의 또 다른 너에 대한 반가움과

꿈을 좇는 너에 대한 경의와

쳇바퀴를 도는 듯한 너에 대한 안쓰러움에

괜한 헛기침을 하고

마른 손을 비벼보며

눈시울의 뜨거움을 삼켜 본다.

어제와 같은 하루
무슨 일이 일어나지 않은
그 잔잔함의 고마움

경주

앞서 나가는 이의

등을 보며 너는 무슨 생각을 했을까

뒤따라 오는 이의

거친 숨소리를 들으며 너는 무슨 생각을 했을까

결승점에 도달한 시간도

가쁜 숨도, 가뿐한 숨도

저마다 다르지만

결국 누구나 결승점에 도달한단다

넓은 등을 내어주고

숨기운을 불어넣어주며

그렇게

가다가 멈추고

가다가 되돌아가더라도

바톤을 움켜쥐던 너의 다짐만 있으면 돼.

긴 경주입니다.

넘어져도 되고

쉬어도 되고

멈춰 잠시 다른 일을 해도 좋습니다.

바톤을 잃어버리지만 않는다면

언제든 또다시 뛸 수 있으니까요.

열매

너에게 달린 주렁주렁 열매들이

그냥 맺혔겠느냐

너의 고민과 좌절이

너의 용기와 도전이

땅속 깊이 뿌리박아

보이지 않는 열 길 땅속 뻗어

비로소 열린 것 아니더냐

너에게 무수히 달린 열매를

바라보는 것보다

열 길 딱딱한 돌바위 속

뿌리내리며 다쳤을 너의 생채기들과

보드라운 흙을 만났을 때 실컷 기지개 켰을

너의 태동을

바라보는 것이

나의 기쁨이고 나의 눈물이다.

보이는 것이 전부가

아니니까요

콩나물 시루

바깥 눈부심에 상처 입을까

정숙한 검은 천으로 정수리를 덮어두니

물 같은 아이들이 서로 열 지어 의지한다

며칠 지나 조심스레 검은 천 거둬보니

저마다 온몸을 구석구석 살찌우고 있다

새삼 웃자란 아이들을 한 켠으로 보내두고

숨어있는 아이들은 가운데로 옮겨온다

다 똑같이 생겼다고 깜빡 속을 뻔하였다

가만히 가만히 보고 있노라니

다 다른 노란색과 흰색이거늘

제일 작고 여린 노란 콩나물을

조심스레 집어들고

공연히 입김 한번 후- 불어본다.

우리는 모두
유일무이한 존재

필연적 다이어터

푹푹 찌는 여름날,

높아지는 매미소리와 일정한 간격으로 돌아가는 선풍기의 팬소리,

에어컨의 서늘함

눈꺼풀이 마침내 항전을 선언하고

'나랏말쏘미'를 자장가로 삼아

굉장히 고요히 굉장히 열렬히

상모돌리기를 시작한다

어느새 책상을 향해 내려찍는 석고대죄로 변하고

그의 아슬아슬함을 바라보고 있노라니

어느새 손바닥에 땀이 흥건히 배어난다

또 그의 일곱 개의 목뼈가 심히 걱정되는 바,

"애야, 그냥 엎드려 편히 자렴."

"선생님, 팔뚝살 때문에 교복이 껴서 못 엎드려요."

아 3년간 너를 찌운 건 2할의 지식과 8할의 팔뚝이었구나.

충분히 겸손하다

알까기와 판치기

책상 끝 아슬아슬 걸린 동전 하나

손바닥 피 터지게 쳐내린 책상에 뒤집힌 동전 하나

엇갈리는 희비와 관중의 환호 속에

내시수염 거뭇거뭇 돋아나는 사내녀석들의

육두문자와 음흉미소가 번져나갔다

망보랴 동전 챙기랴 책상 치랴

철인3종경기를 능가하지만

무거워진 네 주머니 가벼워진 내 주머니

이판사판 사생결단

큼큼한 사내녀석들의 땀내가 교실에 가득찼다

그 시절 동전 백 원, 이백 원에

왜 교사의 사명감이란 명패를 걸고

아이들을 들들 볶았을까

컴퓨터 앞에 우두커니 앉아

밤을 지새우는 아이들을 보면

그 시절 짤랑짤랑 동전소리가 그리운 요즘이다.

응답하라!
가슴 뛰던
그때 그 시절

급식기도문

우사인 볼트가 강림하사

저에게 모두를 앞지를 수 있는

재간둥이 발놀림을 주시옵고

수요일은다먹는날이라는

요일 편애가 없어지게 해주시옵고

고봉밥이 한 숟갈 같은 능력을 주소서

부디 옆 친구가 해산물 알레르기가 있게 해주시옵고

스파게티 소스가 밥그릇에 차고 넘쳐

국그릇까지 흘러가게 해주시옵소서

무엇보다

오늘 영양사 선생님의 마음 씀씀이가 하늘과도 같아

치킨을 넉넉히 주시면

정말 감사하겠나이다.

너 때문에
산다

포스트잇

포스트잇을 뗐다 붙였다 반복하다

문득 사람 간의 관계, 감정도

포스트잇처럼 쉽게 뗐다 붙였다 할 수 있다면

과연 좋은 일일까, 나쁜 일일까

아무리 생각해 봐도

알 수 없었다

'흔적'은 어떤 것이 남긴 표시나 자리라는데

'흔적 없이'가 좋은 일일지, 슬픈 일일지

아무리 생각해 봐도

알 수 없었다

'학적'에서는 '흔적 없이' 그 학생의 기록을 삭제했는데

떠나간 학생의 눈물자욱이 새겨놓은 '흔적'은 무엇일까

그 '흔적'을 영원히 붙여둬야 할지, 떼어야 할지

알 수 없었다.

마음에서 지워지지 않는
이유 있는 흔적

시험 감독

어떠한 미동도 용납하지 않겠다는

결의는 이내 적의로 바뀌어

한 명 한 명 시야에 가둬둔다

우연히 교실 뒤 거울 속에 비친

내 모습을 마주하니

사명감이 아닌 사냥꾼의 얼굴

아차 싶은 마음에

가만 가만 바라보니

가시덤불 속 제 몸에 생채기를 내며 내달리는

겁에 질린 토끼였거늘.

단단함보다 강한 것은
부드러움

내 옆자리 신규교사에게

'어른'이라는 단어는 분명 콧소리 ㄴ으로 끝나는데도
입에서 '어른, 어른, 어른...'
아무리 발음해봐도 보통 근엄 진지한 게 아니지 말입니다

어른이 되면...
어른이 되고 나니...
어른이 말이야...
어른이 그럴 수 있어...

'어른'은 참 조건도 많은 단어입니다
되기도 전부터 바라는 것도 참 많고
된 이후에도 해야 할 것이 참 많고
행동에 가해지는 제약도 많습니다

이런 '어른'이 교사가 되었습니다

고등학교 3학년 교실에 들어갔습니다

아 현기증이 납니다

교실에서 누가 어른일까요?

고3은 이미 말년병장이고

이 딱한 신규교사는 이등병이지 말입니다

그에게 '어른'이라는 무거운 짐을 잠시 거둬주고 싶습니다.

세상 모든 시작을 응원합니다

시작이 반이니까요

국어시간

옛 시조 한 수에

이 몸이 죽고 죽어 일백 번 고쳐죽어도

긴 조으름이 절로 난다

아껴둔 모눈종이 고이 꺼내

방점 찍어 짝꿍께 건네오니

하얀 동그라미로 답신을 보내오나니

선생과의 정기적 눈맞춤으로

열공눈빛 발사하니

교사안심 교사기쁨 끝이 없어

의심 없는 교사총애 성은이 망극하여

손으로는 거침없이 오목 한 수 드리오네

시 한 수 절로절로

오목 한 수 절로절로

이것은 소리없는 아우성

정녕 물아일체 국어수업 아니런가.

학창 시절,
최고의 진검승부

괜한 걱정

스승의 그림자는 밟지 않는다는데

다행이다

키가 작아서

하마터면 밟힐 뻔했네.

거꾸로 보면
유리한 약점
적당한 단점
생각 바꾸기

수능

하루하루 시간을 쌓아 늘려가는

세상의 달력과 달리

학교의 달력은

하루하루 시간을 지워 줄여간다

거꾸로 가는 시간 셈법이

너희를 늘

조급하고 초조하게 한다

숨 가쁘게 쫓겨 도달한 그날은

충만한 보름달인가

파리한 초승달인가

너의 마음이 시리지 않았으면 좋겠다.

((◖○○◗))

시간의 순리를 거스르는

숭고한 과정

수행평가

수행평가는 참으로도 짝사랑이다

뭘 줄까, 어떻게 고백할까, 과연 좋아할까, 싫어하면 어쩌지

참으로도 초조하고 설레는 평가계획서

조심스레 고백의 날

나의 수줍은 풋사과를 내밀자

아 떫어

하며 퉤 뱉는 내 활동지

따흑

이번 사랑고백도 실패다.

누군가에게 무엇을 준다는 것은
이미 누군가에게 대한 생각이
충만한 것이다

과밀학급

여백을찾을수없는교실

들숨날숨땀내와만권의책이뒤섞여

북적북적북새통이지만

이내서로의자리를내어주고

각각의숨통을틔워낸다

어느하나과분함없이

친구의사사로움에대한 배 려 까지얹어져

감정의뒤엉킴없이

흔들림없는교실속세상을만들어간다

우 정 이란아름다운이름이있나니.

친구

가깝게

오래도록

동상이몽

시의 아름다움에 대하여

시가 노래하는 삶에 대하여

핏대 올려 이야기를 하다

정신을 차려보니

내가 말하고자 했던 아름다움이

시험문제이지 싶어

필기하는 아이들의 모습

목이 메어온다.

항상 너무 애쓰지 않기를

여름방학

이봐, 이웃드라 이내말씀 드러보오

둠칫둠칫 신나는 여름노래 오싹오싹 공포영화

얼음동동 냉면 턱이덜덜 팥빙수

여름세상과 여름방학이 서로 통하지 아니홀새

촘촘짜인 보충수업 실내정숙 독서실

길다길어 영어단어 복잡난해 수학공식

밀린학원 선행학습 땀이뻘뻘 좌뇌우뇌

어린 학생이 여름방학 즐기고져 홀배 이셔도

ᄆ춤내 놀지 못할 놈이 하니라

내 이를 위하여 어엿비너겨

오늘 보충을 빨리 끝내고져 홀 ᄯᆞᄅᆞ미니라.

'과정'의 감내

학급경영

각종 채권을 담보 없이 발행한다

조퇴증

외출증

보건실 요양증

결석계

출석인정확인서

반 부도 직전.

역차별

교사의 차별은
교사의 편애로 둔갑해
교사의 이마에 주홍글씨

학생의 차별은
교사의 무능으로 둔갑해
교사의 가슴에 주홍글씨.

호명

매년 평균 잡아 외워야 할 이름

대략 300명

너의 이름을 불러준다면

너는 나에게 하나의 꽃이 되고

나도 너에게 꽃이 될 터인데

뒤돌아서면 까먹는 나에게

너무 버거운 이름 외우기

너에 대한 관심이 없어서가 아니다

너에 대한 무지함도 아니다

너는 나에게 지나치는 풀꽃도

이름 모를 들꽃도

그저 그런 하나의 몸짓도 절대 아니다

너는 내가 받은 아름다운 꽃다발이거늘,

너의 빛깔과 향기에 취해 이름을 잊었네.

가만히 보지 않아도
자세히 보지 않아도
충분히 예쁘다

진로상담

쌔앰

저는요

뭘 해야 할지 모르겠어요

뭘 하고 싶은지 모르겠어요

그러게

쌔앰 말고

유명한 도사나 될걸

네 앞날의 궁금증을 박박 긁어주게.

너의 답답한 마음에
내가 시원한 바람이 될 수 있다면

3월의 봄눈

담임만 본다는

굳은 언약의

3월 자기소개서

손끝 시린 이야기들을

무덤덤하게 쓰기까지

그간 네가 맞은

바람과 세찬 서리들 생각에

코끝이 아려온다

까맣고 차가운 통로 끝

너의 따스한 봄날이 되어주고 싶다.

총량의 법칙
남은 날은 행복만 가득하길

고전의 배신

옛 선조들은

대나무가 친구라지

늘 푸르고 쭉쭉 뻗으니

소나무는 어떻고

사시사철 푸르름을 본받고 싶다지

또 봄철 다 지내고 피어나는

국화며 매화는 어찌나 칭송했는지

그렇지만 나는

사시사철 변하고 질풍노도 들쑥날쑥

웃었다 울었다

마음속 번개와 천둥, 햇빛과 무지개를

다 품고 사는

너희들이 좋아

어제보다 한 뼘 더 아파보고

그제보다 생각의 나무가 자라고

오늘의 기쁨을 즐기는 너희가 좋아

내일의 슬픔을 이겨낼 너희가 좋아.

생활기록부

21세기 신역사서

3년의 여정

고민좌절용기희망땀눈물웃음의 범벅

알량한 교사의 몇 단어로

응축하기에는 버거운 무게

너의 수많은 이야기로

함께 놓은 징검다리를

디딤돌로 삼아

거친 물살도

험한 세상도

성큼성큼 밟고 가길.

관계의 연결
그 어떤 형태로든
너와 나의 징검다리

버스

만석의 버스는

정류장들을 훑으며

토해내기 무섭게 또다시 꾸역꾸역

담아 넣는다

갖가지 소음과 땀내

부대끼는 얼굴

흔들리는 차창

서로 다른 사연이다

낯선 동네

좁은 골목

내 목적지까지 가기 위해

돌아가는 길이지만

조바심은 일지 않는다

기다린다

목적지의 정류장

내 차례는 온다.

돌아가도, 늦게 가도,

정류장은 항상 그 자리에 있어요

지극정성

표로 만들어진

〈이 달의 급식 메뉴〉 통신문을

자로 대어가며

날이 선 커터칼로 정성스레

한 조각 한 조각 자른 뒤

날짜순으로 정렬하여

종이의 머리맡에 곱게 풀을 먹여

수제 급식용 포스트잇을 만든다

책상 구석에 붙여놓고

그날의 주요 메뉴에

노란 형광펜을 그어가며

동그라미 치고

달달 외우는 너를 보며

한 인간의 무한한 집념과

경이로움을 발견한다

그 정성이면...

수학 문제...

아... 아니다

지성이면 감천이랬으니.

시험출제

말년 병장처럼 뒷짐지고

가르치다

시험기간이 임박하니

군기바싹 이등병이 되어

악으로 깡으로

열심히 하겠습니다

충성 필승

출제를 하다보니

어느 순간

만삭의 무거워진 산모가 된다

너희들의 오답보다

나의 오류가 더 무겁구나

시험 날

오랜 진통 끝 마침내 출산을 한다

아이들의 반응을 보니

이런 이런

지나치게 우량아를 낳았군

헛다리 짚은 말년 병장으로 복귀.

무에서 유를 창조하는 건
조물주에게 맡기고 싶다

손금

길 없이

스치고 엇갈린

내 손바닥 위 손금

가만히 공들여 들여다보니

서로 마주하고 손잡은 질서

교실 안

각기 다른 손금들

가만히 보면 참 닮아있다

서로 다른 꿈들 속에

서로를 향한 위로와 응원의 길

결국 손바닥 안 아닌가.

엇갈린 게 아니라
같은 곳에서 마주하는 것

그리운 소리

태블릿이 놓였다

교과서가 놓일 책상에

서걱 서걱 연필소리

짤깍 짤깍 샤프심 내리는 소리

슥슥 지우개 소리

휙휙 책 넘어가는 소리

해질녘 동네 어귀에 나가 있는 아이를 부르는

엄마의 다정함 같던 그 소리

펜이 액정화면을 지나고

다운받은 교재는

소리없이 다음 화면으로 넘어간다

애써 침 발라 넘기던 종이의 눅진함과

너를 닮아있던 그 글씨체들이

그리워지는 어느 오후.

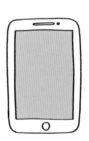

진화:
변화를
유연하게 받아들이는 것!
그렇지만 적당한 속도로 와 줘

보충수업

당이 떨어질 대로 떨어진 아이들을 부여잡고

능률이 오를래야 오를 수 없는 수업을

오늘도 꾸역꾸역

아이들은 꾸벅꾸벅

오늘 석식 메뉴 뭐냐?

이 질문 하나가 겨우 너를 깨운다

한 줄의 시

한 편의 소설보다

한 끼의 기쁨을 아는 너

너에게 필요한 보충은

당 보충이지 싶다.

생크림!
듬뿍 얹어주세요!

냄새

시골길을 달리던 중

창문 틈으로 들어오는 거름 냄새에

딸아이가 코를 움켜쥔다

웩. 엄마는 냄새 안 나?

응. 엄마는 남중 3년 남고 3년 근무차에

후각을 잃었어.

알바

매일 시체처럼 자길래

이봐, 학생 무슨 일이야

저요, 알바생인데요

입에 밴 소리인지

선생님을 사장님이라고

부르는 친구를 보며

어이쿠

나를 이리 높이 생각해줬나

슬픈 조소

고학력 미취업자들이 넘치는 세상에

이 친구를 깨워야 될지, 말아야 될지

오늘도 난 쓴 침을 삼키며

고개를 주억거리며

앞서나간 사회 초년생을 바라본다.

시험문제

내가 너에게 가르쳐 주고 싶었던 것은

제 몸을 흔들어 푸른 소리를 내는

청보리의 싱그러움과

밤새 움츠렸다 고운 아침 너를 위해 자신의 몸을 틔워낸

꽃의 찬란함과

오월의 초록이 다 같지 않은 아름다움이었는데

의인법과 역설법

공감각적 심상

함축과 상징이라는 틀 안에서

세상의 아름다움을 공식으로 만들어버렸네

헷갈리지 마라

흔들리지 마라

넌 이미 오월의 풀밭이다.

세상의 싱그러움과 찬란함과 아름다움을

발견할 수만 있다면

그걸로 이미 됐다.

눈에 안 보이는
진실

괜찮아

바람을 어찌 이기겠느냐

바람과 싸우려 말아라

바람이 멈추지 않거든

니가 바람이 되어

바람을 타고

날아가는 대로

그냥 그렇게

들숨에 날고

날숨에 내려앉아라.

스승의 날

내가 진정 스승이 되는 날은
"쌤~" 하고 저쪽 복도 끝에서부터
달려오며 인사해주는 너의 웃음을 마주할 때,
수업 중 열렬한 반응과 호응으로
나의 수업에 날개를 달아줄 때,
너의 고민이 나의 고민이 되어
무수한 이야기 속 답을 찾아
어두운 터널을 빠져나갈 때,
쉬는 시간 불쑥 놀러간 교실에서
너와 함께 미주알고주알 수다를 떨 때,
졸업식 날 "선생님 감사했습니다."
조건 없는 너의 끝인사를 받을 때

이 사소함들이 나를 스승으로 만들고
이 일상들이 매일을 스승의 날로 만든다
나의 천명, 교사 말고 스승.

자퇴

말려도보고

매달려도보고

붙잡아도보고

타일러도보고

화도내보지만

감언이설도 윽박지름도

이미 끊어져나간 연결고리를

붙여줄 수 없다

너만의 고리가

그사이 수백 개 수천 개 만들어져

네 마음에 주렁주렁 달린다면

다시 연결할 수 있을까

너와 내가 다시 만날 때

무슨 모양의 고리를 내밀어

짝지을지 몰라

너의 주변을 서성인다면

그땐 너의 수많은

고리들을 꺼내주렴

영원히 끊어지지 않을.

너와 나의 연결고리

체육시간

나는 국어교사

2교시 밍숭맹숭 국어 수업

수업종이 울리고

교실을 채 빠져나가기도 전에

훌렁훌렁 옷 벗기 시작하는

이 총각들 보소

내가 살뜰히도 재워놓은 아이들을

다 깨워버리는 능력자

그대는 체육

나무꾼이 되어 그대들의 체육복을 훔쳐볼까

애 셋 조항 대신 열공국어에

체육복을 내어드리리.

나를 들뜨게 하는
내 인생의 유니폼은?

생활기록부의 실체

생활기록부를 밀린 숙제처럼

정신없이 쓰다보면

채운 칸보다 채워나가야 할 빈칸의 압박에

어느새 그 아이의

웃는 모습과 고민하던 표정

살냄새, 걸음걸이, 잘 입고 다니는 외투,

좋아하는 자리, 책가방 색깔, 단짝

너를 떠올리며 나로 하여금 웃음 짓게 하던

그 모든 것들을 잠시 뒤로 미루게 한다

너와 함께 나누던 정다운 이야기

너의 뜨거운 고민

너를 즐겁게 한 이야기는

기록할 칸이 없다

딱딱하고 지리한 활자들로 가득하다

내가 너에게 남기고 싶은 1,500자는

니가 내뱉은 뜨거운 숨들

들썩이며 때론 주춤하며

주섬주섬 챙겨온 너의 모든 웃음과 눈물

이것인데 말이다

너를 유일무이의 존재로 만드는 것들은

활자화되지 않는다.

중간고사

굴비 두릅처럼 엮여

줄 지어 앉아

차 렷 – 고개를 숙인 채 꿰이다

섬광 잃은 눈동자를 굴리며

제 몸을 소금에 절이듯

각종 공식에 절여

새끼줄 부여잡고

제 숙명마냥 텅 빈 가슴에

검은 동그라미를 채워나간다

맛이 꽤 간간하다.

여고시절

남고시절이라는

퍽이나 생소한 단어를 뒤로하고

여고시절이란 단어는

모두의 향수를 불러일으킨다

화장실은 방광의 용량과 상관없이

친구가 가면 나도 가야 하는 공동체 의식을,

수줍은 짝사랑은 분명 비밀이었지만

어느새 모두가 알고 있는 일사분란함과 주도면밀을,

다 벌어지는 셔츠에 치마 입고

용수철처럼 다부지게 튀어오르는 말뚝박기는 용맹무쌍을

길러줬다

아, 정녕 지덕체를 갖춘 신여성들.

추억은
끓이면 끓일수록
묵직한 진국이
되지요

칠판

수업에 들어갔더니

전 시간 칠판이 그대로이다

수학 시간의 흔적들

빤히 칠판을 바라보고 있노라니

도형과 그래프들이

생소하기만 하다

참 대단한 친구들

난 국어만 파고들어도

헉헉인데

이 친구들은

꼬리에 꼬리를 물어

국어문학고전읽기화법과작문언어와매체독서

수학확률과통계미적분기하벡터

사회정치와법경제제사회문화세계사한국사한국지리

물리생물지구과학화학정보

어휴 인공지능까지

이 친구들

이미

위인이다

이 위인들의 소화불량이 걱정이다.

의식의 흐름

공부는 환경이 중요한 법

그래 일단 책상정리부터

태블릿에 야무지게 교재를 다운받고

잠깐만~ 앱이 너무 많이 깔렸네

필요없는 앱 정리도 좀 하고

아, 음료도 한 잔 세팅

좋았어

포트스잇이랑 형광펜도 무심한 듯 시크하게 책상에

옳지 완벽해

이제 시작해볼까

음.. 아! 오호! 이거였구나

끄덕끄.....덕.. 어..

이상하다. 분명. . . . 음... 어..

<u>ZZZZZZZ.</u>

용두사미, 멋진데?
그래도, 얼굴은 용이잖아

야자

담임 曰

야! 자지 마!의 줄임말

학생 曰

야! 자연스럽게 튀어!의 줄임말

운동장

과하게 먹어댄 급식에

신트림을 해대다가

죄책감에 파워워킹을 떠나본다

고민의 시작과 끝이 같은

동그란 운동장 속

무념무상의 빙글빙글에

어느새 내 맘이 살랑살랑

좋아하는 가수 이야기, 답 없는 연애사

교사, 친구 뒷담화까지

세상 모든 수다를 발걸음에 담아 걸어본다

어느새 운동장은 대나무 숲이 되어

당나귀 귀로 모든 고민을

동그랗게 큰 두 팔 벌려 안아준다.

실패

가지 하나가 툭 - 부러졌다

예고 없는 추락에
꽃도 열매도 산새도
아슬아슬 매달린 낙엽도
소소소 스산해진다

거친 껍질 속에 감춰뒀던
나도 모를 여린 결
떨어진 가지는
비로소 자신의 속살을 마주한다.

그 여리고 허연 속살이
다시 굳은살이 되고
나이테를 그리며
새싹을 움틔운다.

토닥토닥

의미 있는 실패

졸업식

20살의 나와

19살의 내가 하는

최후의 악수

고생했어

고마웠어

잘할 거야

학교는 모교로

교사는 은사로

기억은 추억으로

선명했던 사진들이

흑백으로 변하는 타임슬립

땀내 밴 체육관

삶의 낙 급식실

은행나무 아래 벤치

멀고도 가까운 교무실

파워워킹 운동장 트랙

온갖 이야기가 묻혀있는 교실

나의 친구들, 나의 선생님, 나의 학교, 나의 교복

안녕_달콤쌉싸름 눈물 한 방울.

졸업이 아름다운 건
지나온 날들에 대한
나의 충분한 인정이 있기 때문이다

울 반 담임

울 반 담임은

액체괴물

'괴물'이란 단어

넘나 찰떡

한번 손에 쥐면

멈출 수 없는

중독성

교무실에 한번 불려가면

종이 울려도

마음속 애국가 4절이 끝나도

오줌이 마려워도

절대 놓여날 수 없는 끈적임

액체괴물이 끈끈함을 잃거나

주무르는 손에 경련이 오거나

네가 이기나 내가 이기나

끝날 수 없는 관계

어쩌지

이 애증 넘치는

중독성.

고교학점제

고전읽기 카트담기

과학사 위시리스트

생활과윤리 바로구매

한국지리 반품

물리 즐겨찾기

인공지능 교환요청

고교학점제가 한창이다

우리 인생도 이렇게 쏙쏙 골라

채워 담을 수 있다면.

접시돌리기

써어커스

경이로운 개수의 접시를

긴 막대로 돌리고 돌리고

공중에 던지고 던지는

아슬아슬한 묘기

그의 이름은 광대

숨 막히는 긴장과 아슬아슬함에

터져 나오는 환호

교오실

수행평가 주제탐구 멘토활동 봉사활동 1인1역할

방과후수업

더하고 더해진

위태위태한 너의 묘기

네가 돌려야 할 저 수많은 접시 중

어느 하나가 깨져도 이상하지 않은

불균형의 묘기

접시를 돌리는 야윈 네가 아닌

네가 돌리는 접시만 보는

어리석은 관중.

힘들면 내려놔
네가 먼저야

교사의 바람

캄캄한 밤하늘을 찢으며

푸른 별똥별 하나가

시커먼 바다로 떨어진다

한 귀퉁이가 찢겨져 나간

밤하늘의 상흔에는

푸른 섬광이 일어 별들이 모여들고

태초의 빛을 부여받지 못한

심해에서는

새 눈부심에 거룩해진다

나는 너의 가슴에 떨어져

너의 깊은 심연에

불을 밝히고 싶다.

별똥별
괜찮은 추락

자가진단

띠릭

오늘 아침 선생님의

모닝콜은 여전히

너의 문자구나

안과 갔다 올게요

피부과 갔다 올게요

내과 갔다 올게요

⋮

위염 같아요

장염 같아요

각막염 같아요

⋮

오늘도 가방 메고 성실하게

병원으로 등교하는 우리 반 민정이

경이로운 자가진단능력과 자기애

살뜰한 긴급돌봄이 역시나 탁월하구나

지역경제활성화에 대한 배려와

사라져가는 동네의원에 대한 너의 염려 덕에

우리 반 노란 파일철 속

진료확인서는 오늘도 탑을 쌓는구나

20살 이후는 부디

말술을 마셔도 뒷날 말짱하길.

무소식이 희소식

게시판

이달의 청소

이달의 자리 배정

각종 대학 안내문

수행평가 관련자료

학급 알림사항

덕지덕지

그중에서 후광이 비치는

이달의 급식메뉴.

최선

결과를 끌어안으렴

결과에 대한 감정 정리까지

최선의 범주에 들어가는 것이다.

수건돌리기

동그랗게 둘러앉아 술래의 손에 들린 수건을 응시한다

그가 누구의 뒤에 수건을 놓을지

아슬아슬히 지켜본다

내 시야에 머물지 않는

다른 반원으로 도는 순간-

나의 두근거림은 고조된다

다시 나타난 술래의 손이 빈손이자

혹여 나인가 싶어 연신 뒤를 돌아본다

18살의 너는

수건을 잡은 술래도 됐다가

수건이 놓인 주인공도 됐다가

묵묵히 수건의 차례를 바라는 앉은이가 되기도

수건의 부재에 아쉬워하는 이가 되기도

수건의 존재가 부담스러운 이가 되기도 한다.

어쩌면 인생도

수많은 바람과 감정이 뒤엉킨 채-

내 뒤에 놓인 수건이 갑작스러울지라도

한번쯤은 잡고

힘차게 뛰어야 함이 아닐까.

마스크

바람 타고 하늘 높이 부유하며

붓질하는 어느 가오리연의 꼬리같이

생동하는 너의 입꼬리

함박웃음 짓는 너는

오월의 초록이다

거센 바람이 불어와

연줄이 끊어지고 종적을 감춘 연의 꼬리같이

너의 입꼬리는 부옇고 네모난 안개로 가로막혀

너의 웃음과 울음을 가리운다

하나 남은 눈빛은 상념으로 물들어

하얗게 질려버린 너의 입은

시월의 바람이다.

축제

그동안 저 꿈, 저 끼
어떻게 꾹꾹 눌러 담아
딱딱한 책상과 의자 위에
잔뜩 몸을 구겨놓고 있었을까

한껏 말랑말랑해진 얼굴과
유연한 몸짓으로
무대 위 뿜어내는 열기에
얼굴이 핫핫 화끈해진다

오늘만큼은 교실 의자 위가 아니니
학생 구실을 할 필요가 없어
오히려 찬란한 10대 같은
역설의 광장.

체육대회

저희는요, 체육대회가 가장 좋아요

몇 날 며칠 투표해 결정한 반 티도 세상 자랑스럽고요

성대에서 쇳소리 날 때까지 소리지를 수도 있거든요

이기면 신나고, 뭐 져도 괜찮아요

풋풋한 교생 선생님들도 함께해요

땀흘리고 먹는 급식은 또 얼마나 맛있게요

또 좋아하는 선배랑 같은 팀이 돼서 가슴이 너무

벌렁거려용

그래, 우리도 좋다

너네의 입꼬리, 눈꼬리가 춤을 추고

너네의 고개 숙인 정수리가 아닌

얼굴을 볼 수 있어 참 좋다

5월의 교생에 밀려 뒷방의 늙은이 취급을 받아도

교정 가득 울려퍼지는 함성과 웃음소리가

우리도 참말 좋다.

청춘! 호랑이 기운!

롤러코스터

쿵쾅쿵쾅 떨리는 가슴

심장아 나대지 마~

호기롭게 뱉어보는 말과 달리

덜덜 떨리는 발걸음

롤러코스터 탑승

이 롤러코스터의 운행소요시간은 3년이며

중간 하차는 없습니다

즐거운 시간 되시길 바랍니다

벌렁벌렁 떨리는 가슴

야, 심장 가만히 좀 있어~

어? 저기요. 안전벨트가 헐렁해요. 더 꽉 조여주세요

다급한 내 목소리

손님, 그것은 손님의 몫입니다

불안해 마시고 경험해보지 못한 갖가지 스릴 속에서

여러분만의 꽉 맞는 안전벨트를 채워보세요

자, 출발합니다.

담임의 소명

길게 뻗은 우듬지에

실가지 굵은 가지

굽은 가지 곧은 가지

여러 나무 초리들이 뻗어나감에

우듬지는 오늘도 땅속 깊이 제 뿌리를 박아

제 깜냥에 넘치는 땅심을 받는다

가지 끝 여린 떨림까지

전해주고 나면

우듬지는 다시 하늘 향해 제 머리를 쳐들고

제 깜냥에 넘치는 눈부심을 받아

가지 끝 매달린 초록 잎사귀들을

더 푸르게 푸르게 물들인다.

사제동행

참회컨대

나는 참으로 나약한 뿌리와

앙상한 줄기를 가졌거늘

고맙게도

연분홍의 수줍은 꽃망울이

터져올랐다

하늘 닿아 높이 가지를 뻗치고

땅에 닿아 깊게 뿌리를 내리고

흔들리는 가지에 피어난 꽃망울로

내가 자란다.

책

검게 닫힌 세상에서

죽은 활자로 잠을 자다

너에게 선택된 순간

나는 밝은 빛 아래

의미있는 단어와 이야기로 숨을 쉰다

나를 데려가던 영광의 순간들도 더러 있었지만

어느새 새책에 밀리어

어느 서가 어느 모퉁이에 꽂혀

아이들의 발자국 소리와

두런 두런 이야깃소리만이

검게 잠든 나의 귀를 깨운다

어느 날

너는 나의 먼지를 털어내고

내 온몸 구석구석을 훑으며 나의 모든 활자에

생명을 불어넣는다

십 대 무궁무진한 머릿속에

아로새겨진 나는 다시 태어난다

네 손에 들린 나

민들레 홀씨 같다.

멀리멀리
날아가거라
거기서 다시
틔워라

온라인 수업

그가 사랑스러운 건

찡그린 얼굴

우는 얼굴

화난 얼굴

초조해하는 얼굴을 빤히 바라보다

어느새

연민이 들고,

그를 다시 바라보게 되고

그를 다시 되새기게 되고

마침내 그의 격정과 희열과 번뇌 속에서 같이 헤엄치기

때문이다

그런 그를 볼 수 없다

흰 바탕에 검은 글씨만이 그가 남긴 식은 체온이다

이름 석자도 지워지고

그가 부여받은 숫자가 나열된 아이디 속에서

그를 찾아 오늘도 표류한다

세상 가장 슬픈 7글자

"출석 댓글 다세요"

울림 없는 메아리

"얘들아, 얼굴 좀 보여줘"

나도 학생이었지

허리를 접고 또 접어 한껏 짧게 만든 교복 치마

구루프로 야무지게 돌돌 말아 자신과의 싸움 중인 앞머리

버스냐 택시냐 내적 갈등 등굣길

보이스카우트와의 만남에 열과 성을 바친 걸스카우트 동아리

독서실 총무 오빠를 맘에 품고 독서실 개근

이런 내가 교사가 되고 보니

머리 검은 짐승은 거두는 것이 아니라더니

애들의 치마 길이에 핏대 올리는 나.

한 치 앞도
모르는
우리네 인생

방황

길을 찾는 것보다

길을 잃는 것이 목적인 듯한

모로코 페즈*의 골목길

한번에 길을 찾아

성큼성큼 걷는 것이

오히려 낯선 광경

얘들아,

맘껏 길을 잃어 방황하고

가고 있는 그 길에 무수한 질문과 의심을 하고

온 길을 반복하고

제자리를 맴돌며

너희의 발자국을 남기렴

너희들이

헤매고 다닌 끝

탁 트인 광장에 다다랐을 때,

더 이상 어렵지 않게

출구를 찾았을 때

아연하게 발자국을 더듬고 싶은 날이 오니,

그날 너희가 많이 웃고 추억할 수 있게

오늘 더 더 더 많은 발자국을 남겨놓으렴.

*아프리카 북부 모로코의 페즈는 미로의 도시라 불린다. 페즈에는 세계 최대의 미로로 알려진 구시가지 메디나가 있다.

등잔 밑

창밖 먼바다를 바라보다 눈이 파랗게 물들어갈 즈음
먼바다보다 조금은 가까운 중학교 교정과
창 바로 앞 높이 솟은 은행나뭇가지가 비로소 차례차례
시야에 들어온다

저 먼바다에서 황홀경을 찾으려 함은 얼마나 어리석음인가
지금 여기 4층의 교실 높이보다 더 높게 뻗어있는
은행나무에도
먼바다만큼의 역사와 바람과 새들을 맞이하는 숭고함이
가득하거늘

가을내 수줍음 다 떨궈내고 가지가지 제 살의 여백을 내어
창밖의 그저 그런 배경으로 제 몸을 조용히, 가만히 자리한
저 은행나무에게서
배움과 배움을 얻는다.

해답은 어쩌면 가까이에

꿈

어린아이들이

항상 새로운 꿈을 그릴 수 있는 까닭은

생각의 방 속에 계산이 없음이 아닐까

청춘 앞

커버린 생각의 방엔

복잡해진 계산의 나열

어딜 가도 부딪히는 벽이 가득하다.

때로는 단순해지기를
적극 추천합니다

단짝

매일 만나 매일 이야기하지만

그 이야기는 또 다른 이야기를 잉태하여

깜깜한 밤하늘을 수놓은 별들의 개수만큼

헤아릴 수 없이 쏟아져 내린다

너의 웃음은 내 웃음을 물들이고

너의 울음은 내 가슴을 적신다

너로부터 위안을 얻었고

너로부터 세상을 배웠다.

어른아이

우리 반 민지는 할머니와 함께 살았다

할머니와 민지는 서로의 유일한 가족이었다

할머니는 민지의 처마가 되어주었고

민지는 처마 밑에서 단단한 메주로 영글어갔다

따뜻한 옹기 같은 할머니 품 안에서

민지는 세상 가장 깊고 구수한 맛을 내는

어른아이가 되었다.

부적응

나무에서 한 번

땅에서 한 번

두 번 신음하는 동백꽃

매서운 바람이 할퀴고

눈서리가 사지로 몰아넣을 때

그 아픔 끝 시련처럼

빨갛게 뚝뚝 제 몸을 떨군다

핏빛의 한은 쉬이 거둬들이지 않아

저물어가는 땅거미 위로

다시 시들어간다

긴 아픔 끝

쏟아지는 절규는

지나가는 이의 발목을 더듬는다.

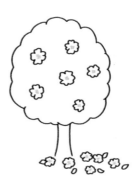

무관심보다 관심이
더 쉬울지도요

분리수거

어디에 분류할지 몰라

망설이게 하는

애매한 것들

분명한 캔이었다면,

누가 봐도 플라스틱이라면,

아무리 째려봐도 비닐이라면 좋으련만

걸어온 나날

수많은 감정이 엉키고 엉켜

이물질이 묻은 비닐과

내용물이 정리되지 않은 캔마냥

분리수거 통 앞 서성이게 한다

알 수 없는 모호함이

조바심을 일게 한다

까짓, 뭐 좀 묻었으면 어때

아직 남았으면 어때

그게 내 발자취고

나를 나이게 했던 것인데.

어디든
들어가기만 하면 되니까

휴지통 비우기

컴퓨터 휴지통에 가보니

그간 쏟아낸

배설물이 이다지도 많았던지

그러다 왜 여기 있지 싶은 아까운 기록물을

하나씩 바탕화면으로 복원시킨다

버리고 싶고 지우고 싶던

시련과 고통이란 삶의 조각도

훗날 휴지통에서 발견하면

아쉬움과 미련이 뒤섞여

복기함이 아닐까

감정의 휴지통을 가만히 보고 있노라면

구겨져 있던 삶에 대한

후회와 이해의 접점

내 삶의

무의미한 문서

무의미한 발자취는 없다.

낙서

빛바랜 벽 한 켠

커가는 키를 차곡차곡 쌓아올린

시간의 눈금들처럼

내 꿈들도

흰 벽 가득 새겨져 있다

여기저기

아이들의 앉은키에 맞춰진

키 낮은 낙서들

희망대학 희망학과 몇 학번

앞날의 바람과

지난날의 후회를

한 줄에 꾹꾹 담아

문신처럼 아로새겨 놨다

선배와 후배들이

하얀 벽에서 만나

그렇게 서로를 위로하고 있다.

질편한 풍자와
해학의 한마당

진로

저마다의 꽃이 피어났다

각각의 색과 각각의 형용들

피고 짐도 저마다 다르다

봉우리인 순간부터

거뭇거뭇 아슬히 매달린 순간까지

그 꽃의 찬란함이다

옆의 꽃과 견줌 없이

저마다의 비바람 속에서

묵묵히 제 깜냥의 꽃을 피우고 지운다

못내 꽃이 시들어 떨어져간다 한들

여린 새 잎에게 자리를 내어주는

거룩하고 숭고한 순간이거늘

이름없이 밟혀가는

들꽃 한무더기

풀꽃 한무더기일지라도

저마다의 광활한 우주를 갖고 있나니

알량한 동정의 시선을 사양할지어다.

각자의 속도전

반란의 반란

공부를 무조건 못한다는

학교가 무조건 짜증난다는

선생이 무조건 싫다는

너의 억지에 두 손 두 발을

들다가

'무조건'이라는 말을 지우고

곰곰이 생각해보니,

'무조건'이라는 단어를 너에게

들이민 내가

억지였음을 깨닫는다

나의 편의를 위해

네가 맞은 무수한 바람을

못 본 척하였고

비에 젖은 너의 몸에서

시선을 거두었다

같이 바람을 맞고

같이 우산을 쓰니

그제서야

무조건이 '그래서'로 바뀐다는 걸 알았다.

조건이 붙는다면
이해가 아닌 타협
조건 없는 이해로 마주하기

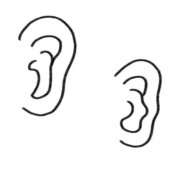

비빔밥

급식메뉴 스캔

14일 김치찌개, 생선구이, 김

그래, 너다

주도면밀 속닥속닥

그래그래 그건 니가 이건 내가

거사의 날

양푼이라는 등굣길 거대 쪽팔림을 담당한 친구의

진두지휘하에 모든 재료 투하

고소한 참기름 냄새

시큼한 김치 냄새

각종 나물 냄새가 빚어낸 향연

점점 빨개져가는 비빔밥의 형용에

너도나도 붉게 상기되는 얼굴

교실바닥 둘러앉아

볼터지게 쑤셔담는 그 맛은

학교 앞 떡볶이가 와도 수요일 급식메뉴가 와도 승부불가

우정이 범벅되고 추억이 범벅되어

신나게 비볐던 그날

유독 붉은 노을이 맛있게 빛났다.

'함께'가 주는 즐거움

1인 1역할

어느 극작가는

발목에 쇠사슬을 끌고 다니는

늙은 교수 캐릭터를 만들어

무엇을 말하려 했음일까

이미 길고 긴 쇠사슬을

질질 끌고 다니는 너에게

굳이 또 쇳덩이 하나를 추가하는

죄스러운 마음이다

책임감이라는 이파리를 틔우기 위함보다,

생기부 한 줄을 위한 용도임을 알기 때문이다.

코로나19

세상이 뒤집어지고

시절이 하 수상할 제,

기술과 문명의 발전이 빛을 발해

모니터로 세상을 마주한다

온라인 수업, 비대면 수업

전대미문의 첨단 시대를 살고 있지만

막상 컴퓨터 앞에 앉아 있는 나는

동굴 속의 네안데르탈인마냥

자꾸만 등이 굽어간다.

'수학여행이라 쓰고'
놀이동산이라 불리는

처음 신은 새 구두의 자비 없음에

오후가 넘어갈수록

엉거주춤한 걸음걸이와 늘어나는 뒤꿈치의 밴드

폐점 시간이 임박했을 땐

이미 슬리퍼가 되어있는 그지 같은 그 신들

짙은 화장에 자존감이 하늘을 찔러

사정없이 눌러대는 연사의 연속

어찌 정리할까 싶은 그 사진첩들

놀이기구 대기시간이 지루할 틈 없는

수정화장과 손거울들

아까 본 얼굴 필히 어디 도망 못 가

17년째 본 그 얼굴 그대로일진대

5분 간격 들여다보는 그 나르시즘들

카페 투어에 지쳐

엉덩이 싸움에 지쳐

대화 고갈에 지쳐

휴게소를 찾아다니는 가여운 인솔교사들

숙소로 돌아가는 버스 안

모두의 단잠으로 제일 정숙한 그날

잠결에 손에서 거울이 스르르

떨어지는 줄도 모르고.

에어컨 전쟁

복슬복슬 탐스럽던 털들이

3년의 세월 동안 기름에 절어 한뭉치가 되어버린

후리스를 쳐 입고

주뎅이를 동서남북으로 씨부리며

교실에서 축구를 하네 레슬링을 하네

이 지씨 랄씨들을 하다가

얼굴이 벌겋게 달아오른 너희네

기초대사량이 폭발하며

에어컨 18도를 사수한다

몰래 23도로 올리던 찰나

버튼 조작 소리는 왜 이렇게 방정맞은지

그 시끌벅적하던 교실이 삽시간에 조용해진다

죄인이 된 것마냥 에어컨 버튼 조작기를 누르던

손이 달달 떨리고 뒤통수가 따끔따끔 해져오던 참에

니그들은

짝 찢어진 눈빛을 내게 쏘아대며

"쌔~앰. 저희는 피가 뜨겁그등요"

나는 피가 차갑겠냐마는

조용히 오소소 돋아난 닭살을 부지런히 쓸며

"으응 여름에 반팔 입어서 미안. 쌤이 실수했네."

삶의 온도가
같을 수는 없지요

출석부

영혼 없는 호명과

의식 없는 대답이

오고가는 출석부

너의 안부를 묻고

너의 사사로움에 귀를 기울이며

너의 아픔과 기쁨에 동조할 수 있는

울림 있는 부름은

무지개보다 고운 생각과

꿈결 같은 노래와

향기 묻은 대답은

우리가 어느 곳에서

어떤 책으로 만나야

묻고 답할 수 있을까.

가르침

너를 세상에 피우기 위해

바위 틈으로 뿌리내리기를 주저한 적이 없으며

눈 속에서 움추려본 바 없다

메마름 속 작열하는 태양의 부심에도

뜨거움에 맞닿기 위해 나는 더 고개를 들었다

마침내 가지 끝 피어오른 너를 보며

나는 매 순간 환희였다.

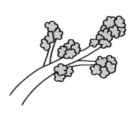

사람이 사람에게
온전히 가닿는 마음